KB158202

나 그대 기대고
그대 나 기대고

도종태 지음

나 그대 기대고
그대 나 기대고

초판 1쇄 발행 | 2024년 1월 25일
초판 2쇄 발행 | 2024년 2월 10일

지은이 | 도종태
펴낸이 | 신중현
펴낸곳 | 도서출판학이사
출판등록 : 제20100-2005-28호
주소 : 대구광역시 달서구 문화회관11안길 22-1(장동)
전화 : (053)554-3431, 3432
팩스 : (053)554-3433
홈페이지 : http://www.학이사.kr
이메일 : hes3431@naver.com

ISBN 979-11-5854-477-5 03810

나 그대 기대고
그대 나 기대고

도종태 지음

學而思 | 학이사

추모의 글

구렁이 담 넘어가듯
스멀스멀 또 한 해가 도망을 갔습니다.

그래,
그날이었습니다.
2022년 6월 9일.

운명의 장난처럼
마른하늘에 날벼락이 내리치고
활화산 같은 불기둥이 덮쳐 내리던 날

수족 같은 동료들이
하늘의 별이 되었습니다.

슬프고 허망한 시간
멍한 세월이 덧없습니다.

살아남은 자들은 무엇을
해야 할까요.
살아남은 자들이 무엇을
할 수 있을까요.

그저
하늘의 별이 된 동료들이
다른 세상에서 좋은 인연
만나기를 간절히 기도드릴 뿐.

2022년 6월 9일 10시 55분경
대구 법률사무소 방화사건이 발생하였고,

그 방화사건으로 착하고 순한
6명의 동료들이 하늘의 별이 되었습니다.

서로 기대고 부대끼던 동료들을
하루아침에 모두 잃은 충격으로

많은 날을 정신적으로 피폐하게
살아오다 하늘의 별이 된 동료들을

잊지 않고 기억해야 되겠다는
다급함에 글을 써보기 시작하였습니다.

이 흔적이 훗날 누군가가 한 번쯤이라도
대구에서 법률사무소 방화사건이 있었고

그 방화사건으로 착하고 순한 6명의 동료들이
하늘나라로 간 사실을 기억해 주기를 바라며…

간절한 마음으로
하늘의 별이 된 동료들을 추모합니다.

삶은
떨어뜨리면 깨어지는 유리그릇 같아서

그 하루하루가
소중하고 또 소중합니다.

사랑하는 임 맞이하듯
하루하루 소중하게 받아들이면

어쩌면
마음의 상처도 치유가 되고,

삶이 사랑으로
가득 채워지는 날이 오지 않을까요.

2024. 01.
추모하는 이
도 종 태

차례

1

삶이 쌓여서 세월이 되고

2
삶이 마냥
동그라미인 줄 알고

3

추억은 언제나
지나간 것을 기억하는 일이고

4
그대가 내가 되고 내가 그대가 되면

1

삶이 쌓여서 세월이 되고

모친 생각

오늘 저녁에도
어김없이 시골 모친에게 전화를 건다.

전화기 너머에는
구십 하고도 팔 세인 모친의
자식 걱정이 한 보따리이다.

걱정보따리에서 묻어 나오는
모친의 목소리를 듣고 자식은
모친의 건강을 헤아린다.

오늘은 목소리가 좋으니
기분도 좋고 건강도 괜찮은갑다.
자식 마음 놓이고

오늘은 목소리 힘이 없어 보이니
건강이 안 좋으신가 기분이 안 좋으신가.
자식 걱정 한 보따리이다.

저녁마다 전화 주고받으면서
쌓은 이 소중하고 질긴 모자지간의
인연을 어떻게 다 감당할까.

그것 또한 업이라면 자식이
다 업고 가야 할 몫이겠지.

오늘도
전화기 너머로 모친의 목소리를
들을 수 있음에 한없는 감사를 드리며
늘 오늘만 같기를 간절히 기도한다.

가족

이 세상에서
가장 행복한 단어

목숨보다 소중한 인연들이
서로 기대며 사랑으로 살아가는 곳

눈이 오면
같이 눈을 맞고

비가 오면
같이 비를 맞고

꽃 활짝 피면
꽃향기 같이 맡고

찬 바람 불면
서로 바람막이 되어 주고

길 잃고 서성일 때
가만히 손 내밀어 잡아주고

힘들어 울고 싶을 때
펑펑 울어도 그 흔적이 남지 않는 곳

아무 말 없이
서로 쳐다봐도

고개를 끄덕이게
되는 사람들이 사는 곳

언제라도 돌아가
위안받고 쉴 수 있는 마지막 보금자리

가족
모든 걸 포용할 수 있는 유일무이한 단어.

세월

이 가을
무심코 떨어진 낙엽을 바라보니

문득
떨어진 낙엽이 나이 들어가는 나의 처지와
비슷하다는 동질감이 드는 건 세월의 탓일까.

떨어진 낙엽에 쓸쓸함과 애잔함을
느끼는 이 마음 또한 세월의 탓이겠지.

그래도
새싹으로 피었다가 자기 몫을 다하고
떨어진 낙엽이기에 쓸쓸함과 애잔함보다
삶의 순리를 생각하게 되는 것도
아마 세월의 탓일 거야.

기쁨과 슬픔

기쁨과 슬픔은
따로 또 같이 우리네 삶속에
녹아 있는 야누스 같은 감정

때로는 기쁨이
슬픔을 안고 가고

때로는 슬픔이
기쁨을 안고 가고

그렇듯
서로를 안고 가는 사이

우리네 삶은
그 세월을 이겨내고

이겨낸 세월만큼
기쁨과 슬픔의 감정은 그 세월에 묻히고

그 묻힌 세월은 또 한 자락
희미한 추억으로 기억되는 우리네 삶.

열정

세월의 흐름 속에
삶을 향한 나의 열정이

뜨겁게 흐르다 서서히
굳어가는 용암을 닮을까 두렵습니다.

흐르는 용암보다
단단하게 굳어진 용암이
오래 추억될 수는 있겠지요.

그러나
오래 추억되는
굳은 용암보다

늘
뜨겁게 흘러내리는
용암이기를 기도합니다.

삶을 향한
나의 열정은

뜨겁게 흘러내리는
용암보다도 더 뜨거운 그 무엇이니까요.

행복

삶은
하루하루가 금쪽이고 행복입니다.

이른 아침
조그만 동산에서
수줍게 떠오르는

초년의 아침 햇살을
바라봄도 행복입니다.

나른한 주말 오후
공원 벤치에 앉아

게으름 피우는 중년의
밝은 햇살을 바라봄도 행복입니다.

저녁 무렵
서산마루에
올라앉아 사방을 붉게

물들이는 말년의
잘 익은 석양을 바라봄도 행복입니다.

세월의 흐름을 느낄 나이가 되어
'곱게 물든 단풍은 봄꽃보다 이쁘다' 는
말의 의미를 어렴풋이 알게 되는 것도 행복입니다.

소소하고 무료한
일상이 행복이고

매일매일 부대끼는
사람들이 소중하고 감사하다는
작은 진리를 알게 되는 것도 행복입니다.

삶은
하루하루가 금쪽이고 행복입니다.

마음 다짐

열심히
살아오지는 않았지만

열심히 살아가자는
마음 다짐은 늘 해왔습니다.

숱한 세월이 흐른 지금
살아온 날들을 되돌아보니
흐르는 강물 속 부평초 같은 마음입니다.

내 마음대로
이루어진 것은 없으나

빈손으로 와서
또 이렇게 이룬 것이 그 얼마인지요.

만족하는 삶은
채우는 과정이 아닌
비우는 과정에서 얻을 수 있다 하니

남은 삶
채우기보다는
비우는 연습을 해야겠습니다.

사람의 마음

한낱 촛불도
심지가 있어

자신을
태우면서 주위를 밝히는데

조변석개
같은 사람의 마음은

이기심에 젖어
바람에 흔들리는 갈대와 같네.

뻣뻣하게
서 있는 갈대보다

바람에 흔들리는 갈대가
멋있게 보이기야 하겠지만

시도 때도
없이 울어대는

갈대의 헛된 속마음을
그 누가 알아주기나 할까요.

겨울비

겨울비
반가움과
낭만이기보다는

반갑지 않은 손님이
내 집을 찾아온 양

우산 쓴 사람들의 얼굴도
비에 젖은 듯 잔뜩 웅크리고 있다.

반갑지 않은 손님도
내칠 수는 없는 손님이고

속담에 겨울비는 술비라 했으니
정중한 마음으로 겨울비 대접을 해드려야지.

문득
나도 누군가에게는 반갑지 않은
손님일 수도 있겠다는 걱정이 되는 것은 왜일까.

겨울비 대신
함박눈이나 펑펑 쏟아지지.

불면의 밤

또
불면의 밤이 시작되려나.

이리 누워도 불편하고
저리 누워도 편하지가 않네.

꽉 찬
머릿속은 비워지지 않고
텅 빈 가슴속은 채워지지 않네.

머릿속이 비워져야
가슴속이 채워질 텐데

정작
필요한 것은 잊고 살면서
머릿속은 헛된 망상으로 가득 차 있으니

언제쯤이면
머릿속이 비워지고
가슴속이 채워질까.

머릿속 한 망상
비워내기가 천만 근보다 무겁네.

매화꽃

겨울을 이겨낸
매화나무 가지에 생기가 돌고

며칠째 몸살을 앓더니
봉긋하게 꽃망울이 터졌네.

매화꽃은 일생 추워도
향기를 팔지 않는다 했던가.

위대한 자연의 섭리 앞에
매화꽃의 굳은 절개 앞에
인간은 보잘것없는 한낱 미물임을

인간이 만물의 영장이라는
화려한 수식어가 민망해지네.

겸손하게 살자.
그리고 또 겸손하게 살자.

눈먼 사랑

사랑은
늘 그 자리에 있는데

눈먼 사랑은
이기와 질투에 눈이 멀어
사랑이 그 자리에 있음을 알지 못하네.

눈먼 사랑은
미움이 쌓이는 그 뿌리에는
관심이 있다는 사실을 알지 못하네.

눈먼 사랑은
미움과 관심이 쌓이면
사랑이 시작된다는 작은 진리도 알지 못하네.

눈먼 사랑은
현재의 사랑을 알지 못한 채

훗날 그것이
사랑이었음을 뉘우치게 되네.

사랑은
늘 그 자리에 있는데.

슬픈 날

슬픕니다.
마음이 많이 슬픕니다.

마음이 슬플 때는
그 이유라도 있어야 할 텐데

그 이유조차
알 수 없는 슬픔입니다.

살다 보면 때로는
이유 모를 슬픔이
찾아오기도 하겠지요.

그래도
슬픔이 지고 나면
기쁨도 오겠지요.

꽃이
지고 나면
열매를 맺듯이.

사는 일 1

사람이
살아가는 일
참 쉽습니다.

숨만
열심히 쉬면 되는 일이지요.

그 숨 속에
욕심·욕망
번뇌·좌절
시기·질투·외로움 다 내려놓고

그저
열심히 숨만 쉬면 되는 일인데.

그저
무심하게 숨만 쉬면 되는 일인데.

범어천 1

한가롭게 흐르는
범어천 물길이 편안합니다.

흐르다가 큰 바위를
만나면 둘러서 피해갈 줄도 알고

흐르다가 작은 폭포를
만나면 용기 있게 뛰어내릴 줄도 알고

청둥오리들이 걸어오는
짓궂은 장난 다 받아주고

때로는 빠른 듯이
때로는 느린 듯이

온갖 여유를
부리면서 흘러내립니다.

흐르는 물길에
사람들의 이기적인 삶을
씻어낼 줄 아는 지혜 배우기를 소망해 봅니다.

비와 외로움

비는
외로움이다.

방울방울 흩어져
내리는 비는 외로움이다.

삶도
외로움이다.

수많은 군중들 속에
더불어 살아가는 사람들도
흩어져 내리는 빗방울과 무엇이 다를까.

태어나서 죽을 때까지
외로움을 느끼지 않고
살아가는 삶이 없듯이

외로움은 삶의
줄기이고 뿌리인 것을

외로움에 익숙해지자.
무심하듯
흩어져 내리는 저 빗방울처럼.

봄

봄이 옵니다.
따뜻하고 포근한 봄이 옵니다.

봄이 좋습니다.
따뜻하고 포근해서

봄의 따뜻함에
세상 이치 다 녹아있고

봄의 포근함에
세상 만물 다 소생하고

봄이 좋습니다.
눈 뜨이고 귀 열려서

봄에 피는
예쁜 꽃을 보니
감겼던 눈 뜨이고

봄에 노래하는
새소리 들으니
닫혔던 귀 열리고

봄이 옵니다.
따뜻하고 포근한 봄이
꽃 피고 새 노래하는 봄이.

봄꽃

꽃이 진다.
봄꽃이 진다.
봄꽃 피운 지 얼마나 되었다고

흐드러진 봄이
온 지 얼마나 되었다고

화무십일홍이라 했던가.

봄꽃이 진 자리에는
그리움의 이파리가 돋아나기야 하겠지만

이 봄꽃 지고 나면

무덥고 질긴 여름
낙엽 떨어지는 가을
매섭고 추운 겨울을 보내고서야

이 봄꽃을
다시 볼 수 있을 텐데

지는 봄꽃을
탓할 수야 없지만

지는 봄꽃이
밉고 서러운 것은

봄이 간다는
아쉬움과 허무함

봄이 가면 또 한세월
흘러간다는 안타까움 때문일 거야.

삶 1

꿈꾸고 계획한 대로
살아지는 삶이 있을까.

누구나 무지갯빛
삶을 꿈꾸고 또 계획하지만

꿈꾸고 계획한 무지갯빛 삶은
현실이라는 삶의 무게에 짓눌려
그 빛을 잃어버린 지 오래이고

삶을
꿈꾸고 계획한 사실조차
망각한 채 살아가네.

세월의 흐름 따라
삶의 무게를 내려놓은 이들은
삶이란 그저 살아가는 것이라고.

세월의 흐름

철모르던 젊은 세월
세월은 홍청망청 써도 써도
솟아나는 옹달샘인 줄 알았고

'시간이 금이다' 라는
말에는 코웃음을 쳤습니다.

황금의 중년 세월
세월은 홍청망청 써도 써도
줄어들지 않는 우물인 줄 알았고

세월이 가고 늙음이
오는 것을 미처 생각지 못했습니다.

어느덧 말년 세월
세월은 바람처럼 눈에 보이지 않아도
덧없이 흘러간다는 사실을 알게 되었고

세월이 간다는 말보다
세월이 온다는 말이

더 정겹게 들린다는
사실을 실감하게 되었습니다.

이제는
굽이굽이 흐르는
세월 속에 마음을 묻고

멋있게 익어가자
우아하게 늙어가자

스스로 자위하는 말들을 위안 삼아
서산의 석양을 닮아갑니다.

겨울바다

겨울바다
덩그렇게 비워진 겨울바다

한여름의
뜨거웠던 그 열정들은 다 어디 가고

너무 뜨거우면
너무 쉽게 식어지는가.

쉽게 식어지면 그뿐
그 뜨거웠던 열정까지
추억할 힘조차 잃어버리는가.

넓고 깊은 바다는
한여름의 뜨거웠던 열정
덩그렇게 버려진 겨울바다의 허무
그 모두를 안고 갈 힘이라도 있겠지만

사람의 마음은
바다처럼 넓고
또 바다처럼 깊지 못하니
그 모두를 안고 갈 힘조차 잃어버렸네.

삶의 여행길

삶이 쌓여서
세월이 되고

세월 쌓여서
그리움이 되네.

그리움 속에는
비 오고 흐린 날도 있었고
맑고 푸르른 날도 있었네.

삶은 화려하지도 않지만
외롭지만도 않은 여행길

먼 길 여행 떠날 때
설레는 그 마음으로

삶의 여행길
즐겨 봄은 어떻겠나.

가을의 끝에서

가을이 웁니다.
갈대가 웁니다.

가을이 울고
갈대가 우는 것은
다가올 춥고 긴 겨울이 싫어서일까요.

긴 터널 같은
겨울을 보내고 나면

만물이 소생하는
화사한 봄날이 오는 걸 모르기 때문일까요.

춥고 긴 겨울이나
만물이 소생하는 화사한 봄날이나
그저 스쳐 지나가는 한 계절일 뿐

운다고 달라질 게 없는
그저 스쳐 지나가는 한 계절일 뿐인데.

뭉게구름

하늘에 떠 있는
뭉게구름이 솜사탕 같습니다.

뭉게구름 저 너머에는
어떤 세상이 있을까요.

뭉게구름 저 너머는
이별 없이 사랑만 할 수 있는 세상일까요.

뭉게구름 저 너머는
모든 욕심 다 내려놓고
시기·질투도 없는 그런 세상일까요.

뭉게구름 저 너머는
옛 선인들이 꿈꾸는 무릉도원 세상일까요.

결실의 계절 가을에
사랑도 찾지 못하고
그리움 하나 남기지 못한 아쉬움 때문인지

하늘에 떠있는 뭉게구름을 보다
언뜻 망상에 잠시 잠겨봅니다.

벚꽃

팝콘 뒤집어 쓴
벚꽃나무를 보니
설마 했던 봄이 찾아왔네요.

춥고 긴 겨울 내내
기다렸던 봄이 이렇게 불쑥

아차 하는 순간
이 봄이 지나가고
성질 사나운 여름이 찾아오겠지요.

이 봄 다 가기 전에
세상사 잠시 내려놓고

어디 한적한
세상 한 모퉁이에서

봄같이 화사한
꿈이라도 잠시 꾸고 왔으면.

은행잎

노란 은행잎이
길가에 지천이다.

저 잎들도 한때는
늘 푸르던 청춘이었을 텐데

사람들은
늙어감을 익어간다 자위라도 하지만

그런 자위조차 할 수 없는
저 멀리 떨어진 은행잎들은 지난날
늘 푸르던 청춘을 쓸쓸히 추억하고 있을까.

2

삶이 마냥 동그라미인 줄 알고

사람의 마음

사람의 마음은
선善과 악惡이 공존하는 마음바다

선의 바다가 출렁일 때면
떠오르는 붉은 태양처럼
온 세상이 그 밝음으로 물들고

악의 바다가 출렁일 때면
서산에 지는 낙조처럼
온 세상이 그 붉음을 잃어가네.

선만으로 세상이 어우러질 수 없고
악만으로도 세상이 어우러질 수 없으니

선악의 경계를 넘어서는 마음
선악의 무게 추에 흔들리지 않는 삶살이.

퇴근길 1

퇴근길
무심히 범어천변을 따라 걷다가
천변에 흐르는 물길에 마음을 빼앗깁니다.

발길을 멈추고
흐르는 물길을
가만히 들여다보고 있으니
마음이 흐르는 물길처럼 편안해집니다.

범어천 물길은
청둥오리 무리가 날선 발톱으로 할퀴고
뾰쪽한 부리로 쉼 없이 쪼아도
아프다 비명 지르지 않고

윗물이 통명스럽게
아랫물을 밀어내어도

아랫물은 그저 흘러내릴 뿐
아무런 불평도 하지 않습니다.

범어천변의 흐르는 물길에서
새삼 최고의 선은 흐르는 물과 같다는
큰 이치를 되새기는 오늘입니다.

삶의 모양

삶은
어떤 모양일까.

삶이
마냥 동그라미인 줄 알고

많은 날들을 동그라미
그리는 연습에만 집착을 해 왔네.

마음 비어 허허로운 날에는
세모도 그려보고

마음 젖어 질척이는 날에는
네모도 그려볼 것을

동그라미의
허상만을 쫓아온 어리석음으로

세모와
네모의 삶도 모르고

아직까지도
집착해 온 동그라미조차
제대로 그리지 못하고 있네.

참
아이러니한 삶.

헛된 몸부림

오늘
한 정치인의 헛된 몸부림에서
인간의 극한 이기심을 봅니다.

반평생
온갖 부귀와 영화를 누렸으면

지금쯤 지난날을
살피고 공과를 되돌아볼 만도 한데

아직도 공만 내세우고
과를 묻으려 하는 허탈한 몸짓이

인간의 슬픈 허상인 듯해서
마음이 편치 못합니다.

삶에는 오르막이 있으면
내리막이 있다는 사실은
현자가 아니라도 알 수 있는 진리인데

인간의 헛된 욕망은
심연의 바다 속 같아

모든 것을 삼키고도
채워지지 않는 그 무엇인 듯합니다.

세월의 인연

훅 하고
지나가는 세월

이제사 보이는
인연 맺고 사는 사람들

세월을 잊고 살았던
시절에는 미처 몰랐습니다.

서로 늙어감을
지켜보는 것이 큰 행복이라는 사실을

나이 들어감은
누구나 처음 가는 길이고

한 번도
가본 적이 없는 길이라
어색하고 두려운 길

그 길은 누구라도
피할 수는 없는 외나무다리
길임을 알게 될 나이쯤에 이르니

서로 늙어감을
지켜보는 것이 얼마나
큰 행복이고 큰 즐거움인지요.

오늘도
인연 맺고 사는 사람들과
부대끼는 행복하고 즐거운 하루입니다.

자화상

게으른 본능 탓에
오늘도 거울 속에 비친
내 얼굴은 수염투성이입니다.

아침마다 기도하듯
깨끗하게 면도를 하고

용모 단정한
모습이기를 스스로 다짐하지만

게으른 본능 탓에
오늘도 멍하니 그 본능에 당하여
스스로의 다짐을 망각하고 맙니다.

사소한 수염이라
치부할 수 있겠지만

게으른 본능을 이기는 힘이
있어야 무엇이라도 이루고 할 텐데

오늘도 거울 속에 비친
내 모습을 보면서 괜스레

게으른 본능의 힘에 눌린
슬픈 자화상인 듯해서
반성의 마음으로 하루를 맞습니다.

술동무

인생길 걸어가다
중년 언저리쯤에서 만난 좋은 사람

언제라도 부담 없이
술 한잔 나눌 수 있는 인생 길동무

화창한 날에는
화창한 날씨 탓으로

비 내리는 날에는
비 내리는 날씨 탓으로

술 한 잔에 인생 한 잔
술 한 잔에 사랑 한 잔

마음 비어 허전한 날
좋은 사람 함께하여

기대고 마음 나누니
무거운 인생 발걸음
무거운 줄 모르겠네.

하늘

오늘은
하늘이 참 맑습니다.

하늘이
온통 하늘색입니다.

계절마다 하늘에
떠 있는 구름이 멋있기는 해도

때로는 구름이 없는
맑은 하늘이 더 그리울 때가 있습니다.

애써 멋 부리지 않아도
멋있는 사람이 있는 것처럼
사랑도 그렇습니다.

진정한 사랑은 애써
사랑한다 말하지 않아도

늘 안타까운 그리움이고
서로에게 스며드는 간절함이고

그 그리움과 간절함이
진정한 사랑이라는 것을.

수성못

수성못
한 폭의 수채화 그림 같은 곳

온갖 철새
제집인 양 날아들고

많은 사람들이
기대고 위안받는 곳

언제나
엄마의 마음처럼
푸근하고 한결같은 곳

봄이면 봄답게
여름이면 여름답게
가을이면 가을답게
겨울이면 겨울답게

늘 그렇게…

오늘도 수성못
몇 바퀴 돌면서 일상사
다 털어내고 위안받고 갑니다.

삶 2

사람이 살아가는 일
삶이란 글자만큼 어렵고 복잡하다.

어려운 '삶' 이란 글자를
쉬운 '삼' 이란 글자로 고쳐 놓으면
우리의 삶이 좀 수월해질까.

살아가는 삶인지
살아지는 삶인지

그조차 모르면서 우리 모두는
오늘도 우직하게 그 삶을 살아간다.

텅 빈 마음

왜 이렇게
허허롭고 허전할까요.

장마철 큰 물줄기가
하천을 휩쓸고 지나간 듯

정리된 듯 살아가던
일상이 큰 혼돈에 부딪힌 듯

살아온 날들 동안
쌓아 놓았던 온갖 추억들이
일순간 모두 헝클어져 버린 듯

허허롭고
허전한 마음은
그 무엇으로 채워야 할까요.

무작정
걷고 또 걸으면
허허롭고 허전한 마음 채워질까요.

비라도 흠뻑 내려
우산 없이 그 비 다 맞으면
허허롭고 허전한 마음 채워질까요.

비워야 채울 수 있다는 말도
이럴 땐 아무런 위안이 되지 않는
그냥 텅 빈 마음입니다.

가로수

나름의 단도리는 했겠지만
헌 옷을 모두 벗어 던지고
덩그렇게 서 있는 가로수가 안쓰럽다.

이 겨울
비도 오고 바람도 불고
세찬 눈보라도 몰아칠 텐데

해마다 후회되고
반복되는 일이지만

가을이 되면 습관처럼
또 미련 없이 헌 옷을 벗어 던진다.

가만히 돌이키면
사람 사는 일도 가로수의
저 바보스러운 몸짓과 무엇이 다를까.

화중지병

머언 산 위
구름 속에 걸린 달

산 아래
작은 저수지에 잠긴 달

안타까움 속에
무디어져 가는 그대 마음

외로이
사랑을 외치나
되돌아오는 빈 메아리

모두가
소유되지 않는
그림 속의 떡

화중지병.

마음의 소리

마음의 소리를
풀어낼 길이 없을까.

살아오면서
받아놓은 명함이 쌓이듯

마음 바닥에
그 무언가가 잔뜩 쌓여만 있고

그 마음을 비우려 해도
비우는 방법을 알지 못하니

오늘도 그 무언가의
무게에 눌린 마음 답답하기만 하네.

산 위에 올라
'야호' 하고 소리 지르면 그 메아리
사방에 흐트러지듯

마음에 쌓인 소리도
크게 한번 소리 지르고 나면
사방으로 흩어지거나 풀어졌으면.

사는 일 2

사람
살아가는 일상이

아침에 일어나서
세수하고 밥 먹고

출근해서 얼쩡대다
점심 먹고 커피 마시고

퇴근시간 되면 무슨
일이라도 있는 양 칼퇴근을 하고

저녁 먹고
뒹굴거리다 잠자리에 드는 일상

다람쥐 쳇바퀴 돌듯 하는
일상이지만 그 일상에 행복이 있고

행복도 습관이고
행복이 불행보다 강하다 하니

오늘도
일상 속에서 행복을 찾기 위해
다람쥐 쳇바퀴 돌듯
하루해가 넘어가네.

인생

인생 백 년 산다 해도
반 이상을 건너왔네.

한나절 인생에서
남아 있는 반나절 인생

더 애틋하고
더 애착이 가는 것은

아직도 버리지 못한
삶에 대한 미련이거나
삶에 대한 욕심이겠지.

미련·욕심
다 내려놓은
그런 삶도 있을까.

아직도 그 답을
찾지 못하고 미로 속에 갇혀있네.

욕망

욕망은
끝없는 갈증

젊은 시절
품었던 희망이

어른이 되어갈수록
욕심을 넘어 욕망으로 변질되고

채워지지 않는
욕망은 깨어진 항아리에
물을 들이붓듯 그 끝을 알 수가 없네.

욕망의 자리에는
행복이 머물 수 없다는

진리를 알면서도
끝없는 욕망은 나이가
들어가도 쉬이 놓아지지 않으니

욕망을 벗은 채
온전한 어른으로

살아가기가 참으로
쉽지 않은 세상살이.

선택

하필 비 오는 날
흰 운동화 신고 나와

흙탕물에
흰 운동화 다 젖었네.

씻어도 흙탕물 얼룩
다 지워지지 않으니
속이 얼마나 상할까.

일상이 늘 선택의
기로인 우리네 삶

때로는 잘못된 선택으로
마음의 상처를 입을 수도 있고

선택에 따라
삶의 방향과
삶의 질이 정해지는

오늘도
일상의 선택에서
흔들리는 마음 다지기.

시골살이

별다른 생각 없이
시골 산기슭에 컨테이너를 놓았더니

어라!
컨테이너를 놓고 나니
전기가 필요하네.

으이쿠!
전기를 넣고 나니
물이 필요하고 각종
농기구까지 필요하네.

별다른 생각 없이
들여놓은 컨테이너가
이제는 무거운 짐이 되어가네.

그 참
도시든 시골이든
사람살이가 만만한 곳이 없네.

주말농장

주말
친구랑 시골 텃밭에
파, 상추, 쑥갓, 청경채 모종을 심었네.

정성을 다해 모종을 심고
물 듬뿍 뿌려주고

이놈들 잘 자라면
두세 가족 올여름
야채 걱정은 없겠다 했는데

며칠 뒤 가보니
고라니라는 놈이
상추 새순을 모두 잘라 먹어 버렸네.

허참
사람이나 짐승이나
맛난 것은 알아가지고.

다시 상추 모종을 심어야 하나
걱정거리가 또 하나 늘었네.

골프 모임

매월 둘째 주
토요일이면 골프 모임을 한다.

십수 년을 훌쩍 넘긴
순하고 즐거운 사람들의 모임이다.

오랜 세월 모임을 하다 보니
모두들 세월의 흐름에 농락당하여

그 짱짱하던 실력들이
요즈음에는 들쑥날쑥하여
경험이 자산이란 말이 무색해진다.

경험도 세월을 이길 수는 없는지
이럴 땐 경험이 자산이 아니라 경험이 슬픔이다.

그래도
매월 순하고 즐거운 사람들을
만날 수 있음은 큰 기쁨이고 기다림이다.

산山

산山
우직해 보이지만
한결같고 변함없고

의연하게 자리 잡아
만형 같은 믿음 주고

산 찾는 이
온갖 푸념 다 들어주고

산 찾는 이
발걸음 다 받아주고

사시사철
옷까지 갈아입고
산 찾는 이 반겨주니

이 세상에서
산만 한 친구가 어디 있을까.

잠시
나에게도 산 같은
친구가 있는지 나 자신을 돌아보네.

퇴근길 2

걸어서
퇴근을 합니다.

바람 불고 춥습니다.
다리도 아프고 힘도 듭니다.

차 타고 퇴근하면 편하고 좋을 텐데
왜 사서 고생을 하지 자책도 해봅니다.

걷다 보니
생각이 공상이 됩니다.

집을 몇 채나 지었다가 부수고
헛된 사랑 꿈꾸다 혼자 피식 웃기도 합니다.

그래도 걷고 나면
큰 운동이나 한 양 어깨가 으쓱해집니다.

자기 생각에 도취되어
또 이렇게 하루가 건너갑니다.

3

추억은 언제나 지나간 것을 기억하는 일이고

인연 혹은 악연

사람들의 만남과 부대낌에는
인연이거나 혹은 악연이거나

인연이란
삶의 매듭이 가지런히 잘 정리된
실타래처럼 얽히고설킬 일 전혀
없는 매듭일까.

악연이란
삶의 매듭이 얽히고설킨
실타래처럼 도저히 풀기 어려운 매듭일까.

아무리 얽히고설킨
실타래 같은 매듭이라도

사랑과 정성으로
차근히 풀어간다면
그래도 과연 풀 수 없는 매듭일까.

악연을 맺지 말자.

오늘도 뉴스는 사람이 사람을
해하였다는 슬픈 소식을 전하고 있다.

사랑 1

사람은
사랑 없이는
살아갈 수 없는 존재임을

모진 돌이 흐르는 물과
뒹굴다 조약돌이 되듯이

사람도 흐르는 세월의 물과
뒹굴면서 사랑을 배워 감을

사람의 모난 미음(ㅁ)이
사랑의 둥근 이응(ㅇ)으로
익어감에는 세월의 물과 더 많이 뒹굴고 흘러가야

뒹굴고 흘러가다 보면
사람과 사랑이 둘이 아닌 한 몸임을

사람이 사랑입니다.
사랑이 사람입니다.

기다림

기다림은
그 어원에서 느껴지듯
길고 오랜 시간 한 사람을
마중하겠다는 간절한 마음입니다.

기다림은 하루가 여삼추요
기다림에 지쳐 망부석이 되었다는 전설이 있듯이

기다림은 슬픔과
기쁨이 공존하는 공간이나

너무 길고 오랜 기다림은
마중하는 이의 마음을 먹물 들게 합니다.

살아가면서 마중하는 이의
간절한 마음을 먹물 들게 하는
길고 오랜 기다림은 없어야겠습니다.

추억의 저장고

그대 추억의 저장고에는
어떤 추억들이 저장되어 있나요.

추억은 언제나
지나간 것을 기억하는 일이고

추억이란 말 속에는
왠지 모를 끈끈한 슬픔이
묻어 있는 듯하지요.

좋았던 추억보다는
슬프고 힘든 추억들이
먼저 생각나고 더 오래
기억되는 것은 무슨 이유일까요.

좋은 추억의 기억보다
슬프고 힘든 추억의 기억이
더 생각나는 오늘이지만

삶은
또 그 추억의 힘으로
살아가는 것이겠지요.

삶의 무게

우리 삶에도
무게가 있을까요.

기쁨의 감정과
슬픔의 감정은
그 무게가 다를까요.

누군가는
기쁨은 가볍고
슬픔은 무겁다 하고

기쁨의 눈물 농도보다
슬픔의 눈물 농도가 진하다고 하니

분명
기쁨의 감정보다는 슬픔의 감정이
더 무겁고 더 오래가는 듯합니다.

일희일비하는 삶

그래도
삶의 기대치는

언제나 슬픔보다는
기쁨이기를 갈구해야겠지요.

헤어짐 1

헤어짐에는
이유가 없습니다.

헤어짐은
그냥 헤어지는 것입니다.

헤어진 후
그리움이 병이 되어

헉, 하고 숨이 막혀오더라도
헤어짐은 그냥 헤어지는 것입니다.

잎 무성하던 떡갈나무가
그 잎들을 미련 없이 다 떨쳐버리고
한겨울의 나목이 되는 것처럼

헤어짐은
그렇게 모든 것을
다 떨쳐내는 일입니다.

다 떨쳐내고 나면
허한 마음 빈 가슴이 되겠지만

다 떨쳐내고 나면
숨조차 제대로 쉴 수 없겠지만

그래도 헤어짐은
그냥 헤어지는 것입니다.

어떤 이유나 변명 없이
그냥 헤어지는 것입니다.

그 헤어짐이
더 슬픈 이유는

언젠가는 그 헤어짐조차
까맣게 잊힌다는 사실입니다.

사랑의 상처

사랑하다 헤어지면
마음에 큰 상처를 입습니다.

그 상처는 불에 덴
화상보다 더 쓰리고 아픈 상처입니다.

그 상처에 딱지가 앉고
그 상처가 아물기까지

수많은 밤을 마음 타들어 가는
고통과 번민의 날들을 보내야 합니다.

영원히 그 상처를 안고
살아갈 수 없기에 언젠가는 치유는 되겠지만

그 상처는 마음에 새겨진 문신이고
영원히 지워지지 않는 사랑의 흉터입니다.

아프지 않은 사랑 없고
아프지 않으면 사랑이 아니라고 하지만

사랑하다 헤어지는 일은
시시포스의 형벌 같은 고통이니

사랑만 하고
헤어짐은 없는 사랑

아니면 그 상처까지
모두 포용할 수 있는 그런 사랑 할 수 있기를.

사랑하는 일

사람이
사람을 사랑하는 일

혼자가
아닌 둘이서 하는 일

자부심이
되도록 배려하는 일

차근차근
돌담 쌓듯 쌓아가는 일

사랑을 말하면
사랑으로 응답하는 일

손바닥도 마주쳐야
소리가 난다는 고장난명孤掌難鳴 같은 일.

유혹

바람 불어와
두 귀를 유혹해도
바람의 유혹에 흔들리지 말아야지.

구름이 지나가며
두 눈을 유혹해도
구름의 유혹에 흔들리지 말아야지.

세월 흘러 흘러
사랑의 흔적 지워져 가도

강산 수없이 변해
사랑의 기억 희미해져 가도

사랑은
유혹에 흔들릴 수 없는
한결같은 마음이고 소중한 가치

그 가치는
영원히 빛나는 다이아몬드.

헌 옷과 새 옷

계절 바뀌어
옷장에 들어가니 헌 옷이 한가득이다.

헌 옷을 모두 버리고

새 옷을 사 입으면
어떨까 잠시 고민도 해본다.

고민도 잠시
헌 옷도 나름의 멋이 있고
새 옷이라고 다 예쁘고 좋은 것만은 아닌데

어쩌면 불편한 새 옷보다
낡은 헌 옷이 더 편할 수도 있는데

이런 생각이 들자 갑자기
헌 옷에 더 애착이 가는 것은

삶의 변화를 두려워하는
마음인지 아니면 온고지신 마음인지.

인과응보

살아가다
인연 닿아
사랑하게 되는 일

살아가다
인연 다하여
헤어지게 되는 일

사랑하고 헤어짐은
일상이고 다반사인데

인과응보라 했던가.

인연(사랑)의
행복이 컸던 만큼

응보(헤어짐)의 아픔은
시시포스의 형벌 같은 고통

인연은 시작이고
응보는 끝이라

쉽게 인연 맺지 말라는
말의 의미를 알 듯도 하네.

비 오는 날

비 오는 날
우산 없이 온몸으로
그 비 흠뻑 맞아 본 적 있나요.

그 비 맞으면서 가슴 한 곳이
따스해 옴을 느낀 적이 있나요.

그 따스한 온기 속에
사랑하는 이 담아 본 적 있나요.

비는 외로움이고 사랑이라
내리는 빗방울을 바라보면서

스쳐 지나간
인연들도 생각해 보고

설레던 첫사랑도
잠시 꿈꿔 봅니다.

행복한 일상

오늘은
출근길 발걸음이 무겁다.

커피를 많이 마셔
밤잠을 설친 탓도 있을 거야.

사람들과 부대끼고
맛난 점심을 먹고 나면
평범한 그 일상을 되찾겠지.

평범한 일상 속에
행복이 있다 했으니

그 행복을 찾아서
힘차게 일상 속으로 뛰어 들어가자.

배

망망대해를
지나가는 한 척의 배

배는 망망대해의
품속에서 무한한 사랑을 느끼고

망망대해도
지극한 정성으로
애틋한 사랑으로 배를 보듬네.

망망대해를
지나가는 한 척의 배
많이 외로워 보이지만

외로울수록
서로에게 몰두할 수 있으니

외로워야
보고픈 친구도 생각나고

외로워야 사랑도
더 그립고 더 보고파지듯이

외로움은
삶의 늪이자
삶의 동반자.

외로움

내 영혼은
외로운 넋인 듯합니다.

사랑하는 사람들
부족하지 않은 삶의 한 모퉁이에

늘 깊이를 알 수 없는
외로움이 웅크리고 있습니다.

외로움의 공간은
채워지지 않는 공간일까요.

아니면
외로움을 다 채우는 것은
신께서 허락하지 않는 영역일까요.

외로움의 공간은
채울 수도 없고

채워지지도 않는
비워 두어야 할 빈 공간이라면

차라리
그 외로움에 익숙해질 수밖에요.

그리움

인연을 맺고 살아온
세월의 크기만큼 쌓이는 그리움

그리움은
심연의 바다처럼
그 깊이를 알 수 없는 아득함

그리움은
방파제에 부딪혀 부서지는
파도처럼 그 아픔을 알 수 없는 고통

때로는 아득함이고
때로는 고통이어도

그리움의 불씨 없이는
사랑을 불태울 수 없으니

그리워하자.
많이 그리워하자.
더 많이 그리워하자.

오늘 하루

오늘 하루
행복하게 출발합니다.

오늘 하루
의미 있는 날 되게 하십시오.

오늘 하루
사랑 베푸는 날 되게 하십시오.

마음 바닥에
사랑 그리고 행복 가득 담아 두었으니

그 사랑
그 행복
널리 널리 베풀 수 있는 날 되게 하십시오.

사랑의 문수

신발에도 문수(크기)가 있듯이
사랑에도 문수가 있지 않을까.

신발의 문수가 맞지 않으면
발이 아프고

사랑의 문수가 맞지 않으면
마음이 아프고

아무리 멋져 보이고
값비싼 신발일지라도
내 발에 맞지 않으면 발이 아프듯이

사랑 역시
겉모습이 아무리
예쁘고 멋지다 해도

서로의 마음이 맞지 않으면
불신과 고통만 더할 뿐

신발은
발에 맞아야 발걸음이 가볍고

사랑은 서로의 마음에
사랑이 머물 수 있는 공간 있어야 행복해지고.

사랑의 오솔길

그대
내 마음에 들어올 때는

가보지 못한 낯선 오솔길
걸어가듯 조심조심히 오십시오.

그 오솔길에 핀
이름 모를 꽃처럼 향기롭게 오십시오.

그 오솔길에
가랑비 내리듯 촉촉하게 오십시오.

사랑은 갓난아기
살갗처럼 부드럽고 연약한 감정입니다.

급한 마음에 울컥
다가서면 아프고 멍이 듭니다.

그대
내 마음에 들어올 때는

조심조심 향기롭게
촉촉하게 들어오십시오.

안개비가
옷깃에 살며시 스며들듯이 그렇게.

계절

춥다고
호들갑 잠시 떨고 나니
한겨울 지나가 버리고

벚꽃 피어
벚꽃에 잠시 취한 사이
화사한 봄도 지나가 버리네.

봄이 지나가면
무덥고 질긴 여름이 오겠지만

그 여름
견뎌낼 만하면

가을이 오고 가을의
풍성함 다 느끼기도 전에

또

춥다고 호들갑 떨던

겨울이 성큼 다가오니

금세 한 계절

지나감이 유수와 같네.

장승 닮은 사랑

나 그대 바라보는 사랑이
장승 닮은 사랑 같기를

그대 나 바라보는 사랑이
장승 닮은 사랑 같기를

온종일 비바람 맞고
서 있어도 다리 아픈 줄 모르고

온몸 던져 한 곳만 바라봐도
지치거나 힘들어할 줄 모르고

오직 서로를 위해
한눈팔지 않고
굳은 심지 내린 장승 닮은 사랑 같기를.

범어천 2

힘차게 흘러내리던
범어천 물길이 갑자기 줄어들어

물속에 잠겨있던
이끼 낀 돌들이 다 드러나고

물길을 헤엄치고 놀던
청둥오리 떼도 어디론가 다 떠나버리고

사람이나 사물이나
모두가 시절인연이 있는 듯

물이 힘차게 흘러내릴 때는
각종 새들이 날아들어 물위를 노닐듯이

호시절에는
주변인도 많고 찾는 친구들도 많았지만

호시절이 지나고 나니
물길 줄어든 범어천과 다를 바 없네.

있을 때 잘하라는 말이
괜히 하는 말이 아니구나

정말 있을 때
잘해야 하는구나 절실히 실감하네.

4

그대가 내가 되고
내가 그대가 되면

기댐

나 그대 기대고
그대 나 기대고

나 기댐이
그대 무겁지 않게

그대 기댐이
나 무겁지 않게

그 기댐의 삶 속에
사랑·신뢰가 쌓이고

그 기댐의 삶 속에
행복·웃음이 마르지 않게

나 그대 기대고
그대 나 기대고.

봄비

반가운 손님
찾아온 듯 봄비가 내립니다.

봄비는 목마르고
근질근질한 대지를 적셔주고

봄비는 메마른 나뭇가지를
살찌우고 새순을 돋게 합니다.

봄비 속에 첫사랑이 찾아오고
봄비 속에 첫사랑이 떠나간다는
노랫말이 있듯이

봄비 속에는
이유 모를 어떤 설렘이
녹아 있는 듯합니다.

누군가로부터
당신은 봄비 같은 사람이란 말을
들으면 기분 한없이 좋을 것 같은 오늘입니다.

그리움

그대
그리운 날에는

이 겨울 매서운
칼바람조차 그리움에 묻혀 버리고

보고픔의
허기짐은

채워도 채워도
채워지지 않는 빈 가슴입니다.

사랑이 결핍되어
집착에 이르면 사랑이 도망가듯이

그리움이 결핍되어
집착에 이르면 보고픔이 도망갈까요.

사랑도 그리움도
집착에서 벗어나면
새싹도 돋고 꽃도 활짝 피겠지요.

사랑의 명분

사랑은
늘 그 자리에 있는데

숙성되지 않은 사랑은
속상하고 어설프기만 하네.

사랑하기에도
부족한 시간에

서로를 탓할
명분 찾기에 바쁘고

그대가 내가 되고
내가 그대가 되면
서로의 마음 깊이를 알게 될까.

바람같이
지나가는 세월

먼 훗날
그것이 사랑이었네
후회를 한들 그리움밖에 더 남을까.

빗소리

출근길
우산 위로 떨어지는 빗소리가

때로는 정겹게
때로는 소란스럽게 들립니다.

빗속을 혼자 걸으면
많은 생각들이 날 것 같지만

이상하리만치 떨어지는
빗소리만 무심히 들릴 뿐

아무 생각도 떠오르지 않고
불멍을 하듯 빗멍을 하게 됩니다.

바쁜 일상 속
비 내리는 하루쯤은

모든 일상 내려놓고
빗멍을 즐기는 것도
삶의 한 여백일 수 있을 듯합니다.

마음먹기

사랑은
사랑을 먹고 살고

질투는
질투를 먹고 살고

행복은
행복을 먹고 살고

불행은
불행을 먹고 살고

세상사 모든 일들
마음먹기에 달렸으니

오늘도
사랑·행복만 먹고
불행·질투는 뱉어내기.

사랑건배

사랑
그래 사랑

사랑한다.
사랑한다.
쉽게들 말하지만

사랑이 말처럼
가볍고 쉽기만 할까.

진정한 사랑의 의미도 모른 채
사랑을 너무 남발하고 있는 것은 아닌지

사랑
목숨보다 소중한 가치인 사랑

값싼 사랑이 아닌
값진 사랑을 위하여 오늘도 사랑건배.

바람의 유혹

나뭇가지가
흔들리지 말자고 다짐을 해도

지나가는 바람이
나뭇가지를 자꾸 못살게 굴어요.

그러면
어느덧 나뭇가지는 바람에 흔들리고
말지요.

그게 우리네 삶이고
삶은 또 그렇게 흘러가는 거겠지요.

그래도 나뭇가지가
부러질 만큼 흔들리지 않으면 돼요.
.
.
.
바람을 이기는 나뭇가지는 없거든요.

사랑 2

사랑은
서로에게 서서히 스며드는 거
연무 같은 안개비에 옷이 젖어들듯이

파레트의 물감이
화가의 섬세한 손길과

정성으로 한 폭의
아름다운 그림 속으로 스며들듯이

조각가의 혼과
정성이 스며들어

못생긴 나무 조각이
멋진 조각 작품이 되듯이

사랑은
희노애락 감정이 조화롭게 어울려

서로에게 스며들어야
피어나는 아름답고 소중한 꽃.

사랑하는 일

사랑은
심해 같은 거

속으로
더 깊이 내려갈수록

수압은 높아지고
수온은 낮아지는 심해처럼

사랑할수록
사랑의 크기는
수압이 높아지는 심해 같고

사랑할수록
사랑을 구속하고 시기·질투함은
수온이 낮아지는 심해 같네.

세상에서 제일 행복한
단어가 사랑이라 했는데

세상에서 가장 차가운
단어가 사랑일 수도 있겠네.

사랑하는 일
어쩌면 너무나 쉬운 일

사랑하는 일
어쩌면 너무나 어려운 일.

사랑 3

사랑의 감정은 사람만이
누릴 수 있는 소중하고 고귀한 가치

사랑의 감정과
사랑의 고귀함은
우리가 받은 은혜

세상만물 중에
말과 글로써 사랑의 감정을
표현할 수 있는 존재는 사람이 유일합니다.

어리석은 사람들은
소중하고 고귀한 사랑의 은혜를 잊은 채

때로는 사랑을 배반하고
때로는 사랑의 고귀함에 생채기를 내기도 하지만

사랑의 감정과 고귀함은
그 무엇과도 바꿀 수 없는
소중하고 고귀한 가치이며 은혜로운 일입니다.

사랑의 감정

사랑은
아름답고 순수한 감정입니다.

많은 사람들이
사랑 예찬을 하고

플라토닉 사랑이나
아가페적 사랑을 얘기하지만

인간의 욕망에
가득 찬 사랑은
질투에 눈이 멀고
시기에 귀가 닫힙니다.

사랑을 명분으로
상대를 소유하려 하고
자기 틀 속에 가두려고만 합니다.

그 욕망이
채워지지 않으면

상대를 비방하고
상대를 원망하고

욕망에 눈멀고 귀 닫힌
사랑은 사랑이 아닙니다.

사랑은 욕망이 아니라
아름답고 순수한 감정입니다.

사랑은 고통

사랑은 그 절반이 고통입니다.

사랑은 미움과 아픔으로 성숙되고
고통 속에 여물고 익어 가는 것입니다.

사랑은
해가 뜨는 날
눈비가 오는 날
찬 바람 부는 날의 마음
모두를 담아가는 일입니다.

따가운 햇볕을 이겨내야
그림자가 더 선명해지듯이

깜깜한 한밤중을 견뎌내야
별이 더 아름답게 빛나듯이

아픈 상처를 입은 조개가
영롱한 진주를 만들어 내듯이.

그리움의 나무

봄을 닮은
그리움의 나무가
뿌리를 내리고 새싹이 돋고

여름을 닮은
그리움의 나무 새싹이
튼튼한 이파리가 되고

가을을 닮은
그리움의 나무 열매가
탐스럽게 익어가고

겨울을 닮은
그리움의 나무 열매가
연인들의 마음에 소중한 양식이 되고

그리움은 사계절과
함께 성장하는 사랑의 흔적.

기억의 저장고

우리 몸은
살아온 흔적들을
모두 기억하는 저장고

사랑받고 살아온 삶인지
상처받고 살아온 삶인지

살다 보면
사랑을 주고받기도 하고
상처를 주고받기도 하겠지만

그 하나하나의
기억들이 모든 삶의 윤활유

늘 그리고 항상
상처 주는 삶이 아닌
사랑 나눠주는 삶 살아가기.

사랑의 축복

조심조심
향기롭게
촉촉하게
내 마음에 들어온
그대를 온 마음을 다해 맞이합니다.

사랑의 감정은
태초에 신이 인간에게 내린 축복이라
그 신성한 마음으로
그대를 맞이합니다.

내 마음에 들어온 그대가
편히 쉴 수 있도록 따뜻하고
포근한 사랑의 온기로 그대를 맞이합니다.

내 마음에 들어온 그대가 실망하지 않게
그 사랑의 온기가 식지 않도록
알뜰히 보살피고 알뜰히 가꾸겠습니다.

그대 내 마음에서
따뜻하고 포근한
사랑의 온기를 느끼고

그 사랑의 온기로 평온을 찾고
행복의 의미를 찾기를.

사랑의 갈증

사랑은
늘 목마른 갈증

사랑은
시원한 사과 첫입 베어 무는 달콤함

사랑의 갈증에 묻히면
시기와 질투가 살아나고

사랑의 달콤함에 묻히면
보고픔과 그리움이 살아나고

사랑은
갈증과 달콤함을 오가는 징검다리 같은 거.

그리움의 항아리

그리움이란 항아리 속에는
얼마나 많은 사연들이 담겨 있을까.

그리움은 사랑이고
그리움은 원망이고

그리움이 쌓이면 사랑이 되고
그리움이 쌓이면 원망이 되고

그리움은
그림자조차 없는
아득한 영혼이지만

그 영혼 속에
사랑도 원망도 모두 잠기고

그리움에
허기질 때면

그리운 사람이
옆에 있어도 그 사람이 그립다.

헤어짐 2

많은 시간
눈에 보이지 않는 먼지 쌓이듯
쌓여 온 사랑과 정을

이별하자.
헤어지자.

그 한마디 말로
훅하고 먼지 털어내듯
그 감정들을 털어낼 수 있을까.

소나무에 옹이 박히듯
박혀있는 사랑과 정을

이별하자.
헤어지자.

그 한마디 말로
옹이 빼내듯 빼낼 수가 있을까.

소나무 옹이를 빼내면
소나무가 말라 죽듯이

사랑과 정의 감정도
이와 다르지 않을 것인데

이별과
헤어짐은 참 슬픈 단어

살아가면서 경험하지 말아야 할
몹쓸 질병 같은 것
치료약조차 없는 몹쓸 질병 같은 것

사랑과 정도
훅 털어내면
털어지는 먼지 같았으면 좋으련만.

이별연습

그대
이별연습 하는
사람의 심정을 헤아려 본 적 있나요.

사람이 만나고
헤어짐은 일상사이지만

이별은
아무리 연습을 해도 너무
슬픈 일이라 일상사가 되지 못합니다.

헤어짐은 언젠가는
다시 만날 수도 있음이 예고되지만

이별은
다시는 만날 수도 볼 수도 없는
레테의 강을 건너는 마음입니다.

사랑하는 사람들과의
이별은 생각조차 하기 싫은
헤아릴 수 없는 고통이지만

이별 없는 삶은
신조차 어쩌지 못하는 영역이니

아무리 연습을 해도 슬픈 이별
그래서 이별연습을 하나 봅니다.

시골 노모를 보면서 이별연습을 하는
사람의 심정을 조금은 알 듯도 합니다.

대화

엄마가 아들에게
막대사탕을 선물로 주자

엄마!
막대사탕 엄마가
나를 사랑하니까 주는 거 맞지?

그래 엄마가
아들 사랑하니까 주는 거지.

엄마!
이 세상에서
나처럼 귀여운 아들 본 적 있어?

아니
엄마는 세상에서 아들처럼
귀여운 애를 본 적이 없어.

그럼
아들은 이 세상에서
엄마처럼 사랑스러운 엄마 본 적 있어?

아니
세상에서 엄마처럼
사랑스러운 엄마 본 적이 없어.

6살 아들과 엄마가
나누는 대화를 들으면서…

아!
'이게 가족이고, 이게 사랑이구나'
라는 생각에 즐겁고 행복한 하루입니다.

엄마의 마음

소나무 씨앗 한 톨
산골 작은 바위 위에 떨어졌네.

순둥이 바위는
소나무 씨앗 한 톨
포근하게 받아주었네.

소나무 씨앗은
순둥이 바위를 의지하여
단단한 바위에 여린 뿌리를 내밀었네.

순둥이 바위의
보살핌과 희생으로
소나무 씨앗은 하루하루 성장을 하였네.

소나무가 자랄수록 순둥이 바위는
감당할 수 없는 고통과 견딜 수 없는 아픔을
느꼈지만 소나무를 위해 서서히 부서져 갔네.

순둥이 바위는
소나무를 위해 자신이 부서지고
흙이 되는 것이 자연의 순리라고 생각했네.

엄마의 마음 같은
순둥이 바위의 마음을
성장한 소나무가 다 알아 주기나 할까.

퇴근길 3

퇴근길
범어 산길을 걸었습니다.

멀리 자동차
소음 소리에 섞여

간간히 들려오는
산새 소리가 참으로 정겹고 청아합니다.

누군가는
새가 운다고 하고

누군가는
새가 노래한다고 하지요.

마음이 우울할 때는
우는 소리로 들리고

마음이 행복할 때는
노랫소리로 들리는 걸까요.

오늘 퇴근길은 행복한 마음이라
새소리가 노랫소리로 들렸습니다.

내일 퇴근길의 새소리도
노랫소리로 들렸으면 좋겠습니다.

소신공양

활활 타오르는 장작개비
마치 소신공양이라도 하듯

자신을 태워서
온기를 전하는 불꽃

다 탄 장작개비는
한 줌 재가 되고

그 재는 자연으로 돌아가
땅을 살리는 거름이 되고

한낱 미물인 장작개비에
감정이 이입되니 울컥 눈물 한 방울.